für Theodorus

we-her woll am schönsten sänge...

Peter-T. Schulz

DER KUCKUCK UND DER ESEL

alte und neue Fabeln aus Hansens Haus

DuMont

Der Tiger und die Tonne

eine Fabel aus Hansens Haus
vom Finden

Einmal spülte das Meer
eine Tonne an den Strand,
die man bald darauf fand.

Sie mitzunehmen jedoch
hatte für niemanden Sinn;
denn in der Tonne
war nichts drin.

Eines Abends
kam ein Tiger ans Meer,
der war müde und hatte es noch weit.

Er sah die Tonne,
legte sich hinein
und fand darin Zeit.

... und fand darin Zeit.

Die Sonne und die Wiese

*eine Fabel aus Hansens Haus
vom Springen*

*Eine Sonne hatte mal keine Lust,
am Himmel zu stehen.*

*Da sprang sie in eine Wiese
und ließ sich gehen.*

„Sowas," dachte der Olle Hansen,
während er den Vögeln zusah,
„Sowas Schönes!"

Es war einmal ein
Augenblick,
der entwischte,
gerade,
als ich nach ihm
fischte!

Der Augenblick

eine Fabel aus Hansens Haus
vom Gucken

... jetzt !

Es war einmal ein Augenblick,
der guckte unverfänglich.
Jetzt hat er lebenslänglich.

Der Spatz und der Adler

eine Fabel aus Hansens Haus vom Unterschied

Ein Spatz, der mal alleine war,
sah einen Adler kreisen.
„Sag, Adler", fragte da der Spatz,
„willst du nicht mit mir speisen,
du bist doch auch alleine?"
Darauf der Adler aus der Ferne:
„Gesellschaft ist für Spatzen da,
wir Adler
brauchen keine!"

„Blöder Spiegel!"
beschimpfte eines Morgens
der Igel seinen Spiegel.
Darauf der Spiegel:
„Toller Igel!"

Es war einmal
ein astreiner Baum,
der stolperte
natürlich
über ein Zweiglein.

Das arme Schwein und die blöden Hunde

eine Fabel aus Hansens Haus
vom Schämen und Beschämen

... das hat dem armen Schwein
viel ausgemacht ...

Einmal fiel ein armes Schwein
auf einen saudummen Trick herein.
Ein blöder Hund bellte ganz laut: „Schmetterling!“
und es, das arme Schwein, drehte sich natürlich um.
Da hat die ganze Meute sich halbtot gelacht.
Das hat dem armen Schwein viel ausgemacht ...

„Weißt du denn schon,
was du einmal werden willst,"
fragte die Mutter eines
Nachmittags ihr Rabenkind. –
„Ja," antwortete der
kleine Rabe, „Mörder!"

Pulver ist gut. –
Diese Durchsage ist ohne Gewehr.

„Tut mir leid,
soll nicht wieder vorkommen“,
zischte die Guillotine.
„Her mit der Kohle!“
rief die Pistole.
„Will nicht, muß!“
platzte der Schuß
heraus
und Schluß.

„Immer hängt alles an mir“,
brummte der Galgen.
„Dicke Luft!“
warnte der Strick.
„Ich kann kein Brot sehen!“
klagte das Messer.
„Sei nett ...“,
bat das Stilett.
„Liebenswert,
so ein Platzkonzert!“
dröhnte die Bombe.

„Du bist es nicht wert“,
blitzte das Schwert.
„Gerad vom Feinde komm ich her“
stand auf dem Speer
und „Die Nacht ist nicht fern ...“
auf dem Morgenstern.

Als ein Erdbeben
von einem Tag auf den
anderen
eine Wüste verstädtete,
waren viele Menschen
traurig,
daß bei ihnen
alles ruhig war.

Die Streichhölzer

eine Fabel aus Hansens Haus
vom Schwarzsehen

Es war einmal ein streiches Holz,
das war über die Maßen stolz
auf seinen roten Kopf.

Da kam ein Reibflächlein daher,
und schon
hatte das streiche Holz
kein rotes Köpfchen mehr.

Von Stund an sah es schwarz
für sich und seine roten Brüder.

Und es hatte recht.
Eines Tages
kam das Reibflächlein wieder…

Die Scholle

eine Fabel aus Hansens Haus
von den eigenen Möglichkeiten

„Oh!"

Eine Scholle
kämmte sich mal ihre Rückenflosse
in die Stirn
und trug sie als Tolle.
„Oh!", blubbten da einige Schollen,
und andere blubbten: „Ach!"
Aber bald blubbte niemand mehr;
denn auch mit Tolle
blieb sie schließlich eine Scholle,
also flach.

Der Schellfisch und der Heilbutt

eine Fabel aus Hansens Haus
vom Trösten

5 minuten später ...

Bei einem Schellfisch
ging mal die Klingel kaputt.
Da schwamm er zu einem Heilbutt.
5 Minuten später
war alles wieder gutt.

Komma … … vorbei!

Der Büschel und das Gras

eine Fabel aus Hansens Haus vom Ausreißen

Ade!

Ein Büschel beschloß mal,
alleine zu grasen
und riß aus.
Hinter ihm gähnte das Loch im Rasen:
„Grüß schön
zuhaus!“

Es waren mal
zwei Algen,
die waren sich
grün.

Die Schuhe

eine Fabel aus Hansens Haus
vom zusammen gehen und zusammen halten

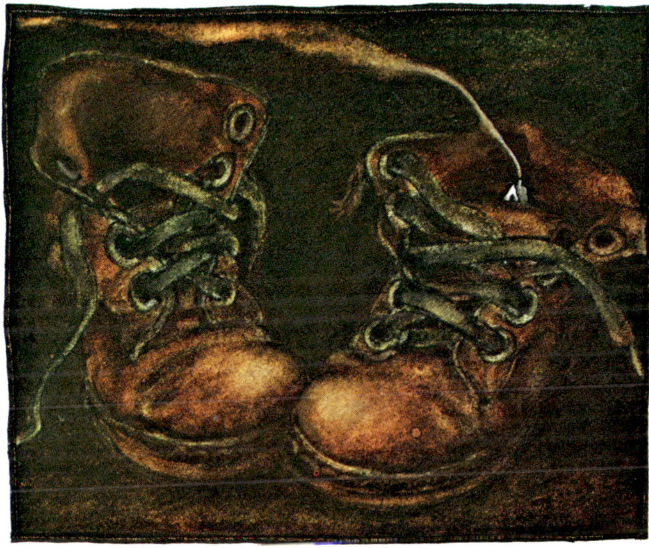

Es waren mal zwei Schuhe,
die waren aus demselben Leder,
das sah jeder.
Sie gingen dieselben Wege
und machten zur selben Zeit halt.
So wurden sie gemeinsam alt.
Schließlich fanden sie auf einem Speicher
zusammen ihre Ruhe.
Noch mancher erinnert sich heute:
das war mal ein gutes Paar
Schuhe.

Glaubst du eigentlich,
daß man einen lieben muß,
um glücklich zu sein? –
Ich weiß nicht.
Ich glaube nur, was ich fühle.

Fühlst du was? –
Ja. –
Was? –
Ich weiß nicht.

Es war einmal ein Teppich.

Auf dem blieb keiner gerne.

Die Hühner und der Hahn

eine Fabel aus Hansens Haus
vom Anfang einer Zeit

Es waren mal zwei Hühner,
die liebten einen Hahn.
Leider
war es damit für die Hühner
und den Hahn
noch lange nicht getan . . .

Es war einmal
ein Ruhekissen,
das wollte nichts
von Ruhe wissen.

Die Schattenmorelle

eine Fabel aus Hansens Haus
von Licht und Schatten

Psst!

Zwei,
die viel gemeinsam hatten,
trafen sich
manchmal im Schatten.
Im Licht
sah man das
so nicht.

Es war einmal
ein Trauerkloß.
Der war nicht traurig.
Der trauerte bloß.

Es war einmal ein Kahn, der hing an seiner
Kette. Wenn er daran nicht so gehangen
hätte, dann hätte ihn ein Wind auf's
Wasser hinausgetrieben.
Dort wäre er dann mit dem Wind
wer weiß wie lange geblieben.
im Mai 81, P.T. Schulz

Die Sprache

*eine Fabel aus Hansens Haus
von der Grenze*

*An der Grenze
fehlten der Sprache
die Worte.*

mir geht

es gut.

… die Sonne

geht unter …

… der Mond

geht auf …

... die wolken

ziehn dahin ...

Der Ober und die Oberin

eine Fabel aus Hansens Haus
vom Dienen und Bedienen

Es war einmal ein Ober,
der ging immer den unteren Weg.

Außer bei der Oberin.

Die Fabel aus
Hansens Haus von
der Würde

Der würde gerne
mal

wenn sie ihn
ließe

Der Rettich und der Mehrrettich

*eine Fabel aus Hansens Haus
vom Sein und Nichtsein*

Guck mal, ein dünnes Ende!

*„Der Rest ist für dich!“
sagte der Rettich zum Mehrrettich.*

Wem soll man
noch trauen?

Der Zitronenfalter und die Apfelsine

eine Fabel aus Hansens Haus
vom Pech

was nah liegt, ist das Alte,
das Gute ist stets weit …

Eines Tages wurde einem Zitronenfalter
das Falten der sauren Zitronen zuviel.

Er flog zu einer süßen Apfelsine
und versuchte, sie zu falten.

Zu seinem Pech
erwischte er eine von den alten.

Da saß er nun auf seiner süßen Apfelsine
und machte eine saure Miene.

.. der Kuckuck und der Esel,
die haben dauernd Streit ..

Eines Morgens
...
...
nein, doch nicht.

Wie geht's, Huhn?
pick!
Danke
pick!
Danke
pick!
Viel zu tun!

„Wenn es wirklich noch Nichtschwimmer gäbe, müßte man die doch sehen," meinte das eine Fettauge.

Der Spargel und die Schwarzwurzel

eine Fabel aus Hansens Haus
vom Ende eines Streites

„Ich bin weiß und du nicht!"
sprach der Spargel zur Schwarzwurzel.
Da traf ihn der Spargelstich.

„Black is beautiful!"
antwortete die Schwarzwurzel darauf dem Spargel.
Schon ging es auch ihr an den Kragel.

Eine Stunde später
schwammen sie in derselben Suppe.

Da war es ihnen schnuppe.

Der Eisenträger und die Feder

eine Fabel aus Hansens Haus
vom Wissen und Passen

„Warum machst du es dir eigentlich
immer so schwer?“
fragte die Feder den Eisenträger.
„Was weißt du schon!“ antwortete
darauf der Eisenträger,
„wir passen ja nicht einmal
in eine Fabel!“

„Ich kann mich nicht entfalten,

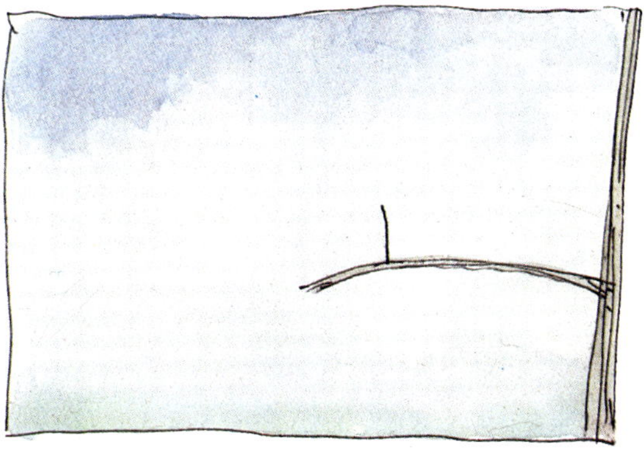

heute ist wohl nicht mein Tag,"
dachte der Schmetterling.

Der Himmel war eine Wiese

und die Wiese war ein Flughafen

Der Grünschnabel und die Wurst

eine Fabel aus Hansens Haus
vom Tatendurst

Es war einmal ein Grünschnabel,
dem war alles eine Wurst.

(Dem Schwein von gegenüber
ging so ein Ei noch drüber...)

Fabelhafte Party

Um kurz nach sieben
war der Irrtum schon da und machte sich lustig.

Um acht gaben die Vasen ihre Blumen ab,
machte der Kardinal wieder denselben Fehler,
stand die Garde bei ihrer Robe.

Um neun schloß die Musik die Ohren,
biß die Schlange das Buffet,
lobte ein Bauch den Herrn,
scherte ein Hummer aus,
tanzten die Puppen
und lachten die Trachten.

Um zehn heizten die Körper die Räume,
sah der Schilene schon mehr als eene.

Um elf säumten die Schneider die Röcke,
baten die Bomben um ihre Entzündung,
und zeigte der Wegweiser in alle Richtungen.

Um zwölf wurde dem Weltverbesserer schlecht.

Da erkannte der Rennfahrer
die Nutzlosigkeit seines Tuns
und legte sich in die nächste Kurve.

„Du wirst meine schönste Wiese",
sagte der Maulwurf.
„Gleich morgen fange ich an!"

Und dann?

Und Sie? Was hat sie dazu gesagt?
Sie? – Nichts.
Und er? Was hat er dazu gesagt?
Er? – Nichts!
Und du? Was sagst du dazu?
Ich? – Ich bin sprach-los!

Das junge und das alte Känguruh

eine Fabel aus Hansens Haus
von der Macht

Ein junges Känguruh
ließ mal einem alten Känguruh
nicht seine Kängu-Ruh.
Da machte das alte Känguruh
einfach die Tasche

zu.

bis sie aus Gras war.

Der Otter und die Ötterin

Eine Fabel aus Hansens Haus vom Ende einer Not

Es war einmal ein Otter,
der hatte keinen Vater mehr
und keine Mutter

Da kam eine Ötterin daher,
die hatte auch keinen Vater
und keine Mötterin mehr. –
Die sah den Otter an
und legte dann
seinen Pfot
in ihre Hände. –
Da hatte die Not der zwei
ein
ENDE

Die Land- und die Wasserratten

eine Fabel aus Hansens Haus vom toll finden

„War das nicht toll,
als wir jetzt dieses Hochwasser hatten?!?“
fragten die Wasser-
einmal die Landratten
zu Besuch in einem Badeort.
Kein Schwanz rührte sich.
Das war die Antwort.

Zwei Riesenkraken wollten mal den Meeresboden harken, fanden aber keine Harke. — Also fragten sie eine dritte Krake: „Woher kriegen wir eine Harke?"

Als ~~da~~ die dritte Krake das hörte, lachte sie sich krank. — Da legten die zwei die Arme auf eine Bank. — Als sie damit fertig waren, bemerkte die eine von den beiden Riesenkraken: „Dann wird das wohl heute nichts mehr mit dem Harken ..."

Der Heilbutt und die Heilsarmee

eine Fabel aus Hansens Haus
von der eigenen Meinung

Ein Heilbutt
wollte mal zur Heilsarmee,
denn er sehnte sich enorm
nach einer Uniform.
Aber die Heilsarmee sagte:
„Nee,
für einen Butt
haben wir keinen passenden Hutt!“
Seitdem ärgert sich der Butt
ganz enorm
über jede Uniform.

Die Küchenschabe und die Einbauküchenschabe

eine Fabel aus Hansens Haus vom Zufall

Eine Küchenschabe vom Land
besuchte mal eine Einbauküchenschabe
in der Stadt.
„Ist das nicht toll,
was man bei uns so alles hat?“
fragte die Einbauküchenschabe
die Küchenschabe munter.

Da fiel auf beide ein Einbau runter.

„Ja, wirklich“, antwortete da die Küchenschabe,
„ich bin platt!“

Wann fliegst du?
Ich überlege noch...

Das Mondsgesicht

eine Fabel aus Hansens Haus
von der Langeweile

Ein Mondsgesicht
hatte mal Langeweile
und merkte es nicht.

„Lobet den Herren!“
forderten bei einer Sitzung
die Beine.
Fragte der Hintern
den Bauch:
„Wir auch?“

Der alte Hut

eine Fabel aus Hansens Haus von der Pest

Zigarre ?

Es war einmal ein alter Hut,
der hatte die Pest, –
Sonst ging es ihm gut.

Der Esel und die Tanten

eine Fabel aus Hansens Haus vom Showbusiness

Einmal machte ein Esel
aus einer Mücke einen Elefanten.

Das sahen seine Tanten.
Sie riefen: I! A! I! A! Er ist ein Zaubara
und arrangierten eine große Show.

Dort versuchte der Esel dann
denselben Trick.
Als er jedoch all die anderen Esel sah,
klappte er nick!

Beschämt suchte er das Weite.

Die Show wurde abgesetzt
und die Tanten gingen pleite.

Das Schwarze Schaf

eine Fabel aus Hansens Haus vom Weggucken

Es war einmal ein schwarzes Schaf,
das wollte sich sehen.

Sein Spiegelbild jedoch
ahnte den Zweck
und guckte weg.

Es war einmal
eine Wanze,
die wartete
auf ihre Chance.

Der olle Pott und der liebe Gott

eine Fabel aus Hansens Haus
vom Träumen

Drucksache

Es war einmal ein oller Pott,
der träumte nachts vom lieben Gott.

Es war einmal
ein Püzzlestein,
der paßte
in kein Püzzle rein.

Das Möchte-nicht-gerne-Schwein

eine Fabel aus Hansens Haus
vom Hadern

... Und wenn nun schon einmal geboren,
dann doch wenigstens mit Ohren!

Es war einmal ein Schwein,
das wäre lieber ein Huhn gewesen,
oder ein Flamingo oder ein Pfau ...
Und wenn schon eine Sau,
dann doch wenigstens gelb oder grün oder blau ...
Und wenn schon rot und ein Schwein,
dann doch wenigstens nicht so groß,
sondern klein ...
Wahrscheinlich,
so sagt man,
wahrscheinlich
sollte es nicht so sein!

Der Rhabarber und das Gemüse

eine Fabel aus Hansens Haus
vom reden Hören

„Jetzt hört doch mal auf mit eurem Gelaber!"
entrüstete sich einmal laut der Rhabarber
in einem Gemüsegarten.
„Ja, bitte?" erwiderten indigniert die Tomaten.
Darauf der Rhabarber:
„Rhabarber, Rhabarber, Rhabarber,
Rhabarber, Rhabarber, Rhabarber!"
Das war für das Gemüse im ganzen Land
natürlich sehr interessant.

Der Prediger

eine Fabel aus Hansens Haus
vom Wissen und Müssen

... nur einmal ...

Es war einmal ein Prediger
in einer Wüste,
von dem sagten die Leute,
daß er alles wüßte.

Nur einmal,
da hätte er gemußt
und nicht, wohin, gewußt ...

Der Affe

eine Fabel aus Hansens Haus vom Werden

... um sich nichts als kalten Kaffe...

Eines Tages sah ein Affe
um sich nichts als kalten Kaffe.
Da machte er sich was vor
und wurde ein Tor.

Es war einmal ein Frosch,
der stand auf Libellen
und saß auf Diät...

Der Kater und der Flieg

eine Fabel aus Hansens Haus
vom Schreien und Murmeln

„Wehr dich!"

Es war einmal ein Flieg,
der zog gegen einen Kater in den Krieg.
„Wehr dich!" schrie er den Kater
von dessen Schwanzspitze aus an. –
Er bekam keine Antwort.
Der Kater schlief.
„Wie du willst . . .!" murmelte darauf der Flieg,
„dann wird es eben ein langer Krieg!"

„... dann wird es eben
ein langer Krieg!"

„Müssen wir denn immer kämpfen“,
fragte das Mäuschen die Katze,
„können wir nicht einmal nur spielen?“

„Was redest du kleine Maus“, schnurrte darauf
die Katze, „wir spielen doch!“

Ich liebe Euch noch.

Das Buch

eine Fabel aus Hansens Haus
von der Gastfreundschaft

Guten Abend!

Es war einmal ein Buch,
das überdachte seinen Besuch.

Gute Nacht!

Hallo, lieber Mond, stimmt es, was man sagt, daß ein Mann in dir wohnt?
?
?
Die Welt ist voller Unwahrheiten!

Die süße Maus

eine Fabel aus Hansens Haus von Rosinen

Die Welt ist voller Löcher...

Es war einmal eine süße Maus,
die lebte in einem englischen Haus.
Da hat ein Schweizer das Haus gekauft.
Da ist die süße Maus weggelauft.

Die Ameisen

eine Fabel aus Hansens Haus
vom Nützen

He! wo seid ihr?

Trafen sich mal acht Ameisen
auf einer ihrer Geschäftsreisen.
Fragten die einen vier
die anderen vier:
„Na, ihr? – Wie steht's?“
Antworteten die anderen vier
den einen vier:
„Danke, danke, ihr!
Wenn man 'n Freund hat,
der 'n Freund hat,
der 'n Freund hat,
geht's.“

Es war einmal ein
Wegerich,
der traf auf allen Wegen
sich.

Die Zuchtrosen und das Gänseblümchen

eine Fabel aus Hansens Haus vom „wie“

Auf der Wiese
sprach man von den Reisen
der Zuchtrosen
und ihren Preisen.
Da fragte das Gänseblümchen:
„Und wie kommt unsereiner
zu seinem Rühmchen?“

Es war einmal ein weißer Hahn,
der dachte,
die Natur hätte sich verän-
eine Fabel aus Hansens Haus von P. L.
(Skizze)

Horizont entzündet?
Hab ich ja noch nie
gehört!

Es war einmal ein Dichter,
der reimte sich was zusammen.

Es war einmal ein Elefant,
der nahm gern Porzellan zur Hand.

Es war einmal ein Chamäleon,
da wußte niemand was Genaues von.

Es war einmal eine Schnecke,
die kam langsam weiter.

Es war einmal ein Schädling,
um den war es nicht schade.

Es war einmal ein bunter Vogel,
der sollte Farbe bekennen.

Es waren mal zwei Ratten
die wußten, was sie an sich hatten.

Es war einmal ein Kreisel,
um den drehte sich alles.

Es war einmal ein Huhn,
das wäre lieber die Eierfrau gewesen.

Es war einmal eine schwangere Fliege.

Der Schmetterling, die Schildkröte, der Pfau und die Sau

eine Fabel aus Hansens Haus
von den Arten und ihren Weisen

♫ !

„Dem Zarten gerät einfach alles zart“,
hauchte der Schmetterling apart. –
Die Schildkröte darauf in ihrer Art:
„Und der Harte ist einfach immer hart!“
„Der Feine dahingegen ist einfach fein“,
entfaltete dazu förmlich der Pfau
„Und dem Reinen, ihr Lieben, ist alles rein!“
grunzte aus dem Dreck wohlig die Sau.

Glaubst du eigentlich,
daß es über uns einen gibt,
der uns alle liebt?
Ich weiß nicht.
Ich glaube nur, was ich sehe.

geh uns aus der sonne!
Glatz-kopf!
geh uns aus dem wind!
Glatz-kopf!
noch was?

Der Paraplui und der Regen

*eine Fabel aus Hansens Haus
vom Kriegen*

Ich werde dich kriegen!

*Ein Paraplui sprach mal zum Regen:
„Du hast mich lang genug gequält,
deine Tage sind gezählt!
Ich werde dich kriegen
und für immer besiegen!“
Den Regen hat das nicht gestört.
(Wahrscheinlich hat er’s nicht gehört.)*

Der Einsiedel, die Kohle und der Schnee

eine Fabel aus Hansens Haus vom Verständnis.

„Ich könnte mich schwarz ärgern!" fluchte die Kohle zum ~~Fenster~~ Schornstein heraus, als der Einsiedel wiederkam.

„Ich weiß," hauchte der Schnee.

Es war einmal ein
Regentropfen. –
Der wollte nur mal
an die Scheibe
klopfen.
Er tropfte.
Es klopfte.
Bumm! –
fiel das Häuschen
um!

Der Schöngeist

eine Fabel aus Hansens Haus vom Erfolg

*Es war einmal ein Schöngeist,
der guckte aus dem Fenster,
freute sich des Lebens,
und sprach: „Man sollte hingehen
und eilen,
um diese Freude
mit anderen Geistern zu teilen."*

*Und sprachs und ging hin,
für seinen Blick aus dem Fenster
zu werben.*

Er hatte Erfolg.

*Andere Geister kamen,
schlugen ihm die Scheibe ein
und freuten sich an den Scherben.*

Die Kohlmeise und die Koksmeise

eine Fabel aus Hansens Haus
vom Lügen und Biegen

Da hat sich das Fichtenholz gebogen ...

Eine Kohlmeise
wollte mal einige Koksmeisen bekohlen
und erzählte ihnen stolz
auf einem Fichtenholz
etwas von einer Amerikareise.
Dabei hat sich das Fichtenholz gebogen
und alle sahen:
das mit der Amerikareise –
das war gelogen ...

Der Wind und die Mundharmonika

eine Fabel aus Hansens Haus
vom persönlichen Geschmack

Einmal hat der Wind
in eine Mundharmonika geblasen,
die vorher einem Hering gehörte.
Wißt ihr, was ihn störte?

„Wenn du für mich schwimmst,
spuck ich für dich," sagte
das Haus, und der Wal war's
zufrieden.

Die zwei grünen Raben

eine Fabel aus Hansens Haus
vom Lernen

Es waren mal zwei grüne Raben,
die wünschten sich,
als der Frühling kam,
einen Knaben.

Der Frühling ging.
Nirgendwo ein Knabe von einem Rabe.

Der Sommer kam.
Der Sommer ging.
Nirgendwo ein Knabe von einem Rabe.

Der Herbst kam.
Der Herbst ging.
Nirgendwo ein Knabe von einem Rabe.

Endlich kam der Winter.
Ein langer und ein strenger Winter.

Da kamen die beiden grünen Raben dahinter…

Endlich kam der Winter...

Es waren mal zwei
Kanonen,
die würden nicht
mit sich fertig.

Die zwei ollen Wälzer

eine Fabel aus Hansens Haus
vom Lesen

Es waren mal zwei olle Wälzer,
die sah man einen um den anderen Tag
ohne Schutzumschlag
im nahen Feld verschwinden.

Hinterher
konnte man in ihnen lesen,
es sei dort schön gewesen.

...was denn – hier ?!?
Warum nicht?
...vielleicht hattest Du recht!

Die Raben

*eine Fabel aus Hansens Haus
von der Macht der Liebe*

„hcid ebeil hci!"
„hcüa hcid hci!"

*Es waren mal zwei Raben,
die versuchten,
so gut es ging,
sich gern zu haben,
denn sie glaubten an die Macht
der Liebe.*

*Gern haben sie sich heute noch immer.
Nur mit der Macht der Liebe
wird es von Tag zu Tag schlimmer.*

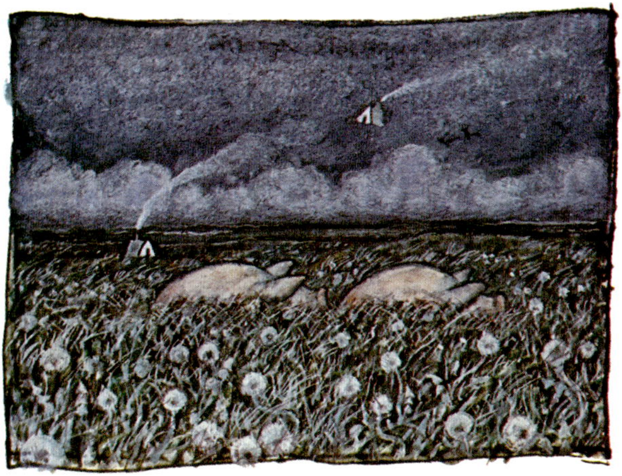

glaubst du eigentlich,
daß man einen lieben muß,
um glücklich zu sein? –
Ich weiß nicht.
Was glaubst du denn?

Ein Blinder und ein Lama,
die wollten mal nach Alabama.
Wo der Blinde mit dem Lama
stand,
sieht man heute nur noch
Sand.

Der verliebte Wasserhahn

eine Fabel aus Hansens Haus
vom Begehren

Einen Wasserhahn
packte einmal der Liebeswahn,
und er beschloß,
ein Perlhuhn zu wässern.
Das Perlhuhn
wollte seine Perlen
jedoch nicht vor einen Wasserhahn werfen
und drehte dem Wasserhahn
einfach den Hahn zu.
Da fragte der verliebte Wasserhahn
betreten die Brause:
„So,
und was mach ich nu?“

Es war einmal ein Hammel,
der liebte ein Schaf jede Nacht.
Eines Nachts kam das Schaf in den Himmel.
Da saß der Hammel da mit seinem Pimmel.

Es waren mal
zwei Kerzen.
Die wunderten sich
bald
über nichts mehr.

Der Funke und die Glut

eine Fabel aus Hansens Haus
vom Ende einer Zeit

Es war einmal ein Funke,
der wohnte in der Glut;
denn sie tat ihm gut.

Da ging die Glut aus.
Da flog der Funke heraus.
Da wurde es dunkel im Haus.

Auf einem Baum
brütete einmal ein Gedanke
Als er nach Tagen sein Nest
verließ, um Nahrung

aufzunehmen,
kam ein Kuckuck
und legte ihm einen Wunsch
ins Nest

Eines Tages erklärte der Krückstock
„Ich bin ein Zepter!“ –
Als er sich fast aufgerichtet hatte,
brannte das Haus ab.

Es war einmal ein Tagedieb,
der hatte seine Beute lieb.

Das Nichts

eine Fabel aus Hansens Haus vom Frohsein

Es war mal jemand,
den machte irgendwann,
irgendwo
nichts froh.

Die Fabel von Hansens Haus

Oben an der See gibt es ein Dach mit einem Schornstein darauf und einer Tür darunter, durch die gehen Tiger, arme Schweine, blöde Hunde, Ameisen, Sonnen, Augenblicke, streiche Hölzer, Reibflächlein, Hühner, Hähne, Mäuse, Spargel, Schwarzwurzeln, Schollen, Heilbutte, Schellfische, Schattenmorellen, Jemands, Küchen- und Einbauküchenschaben, Wasserhähne, Perlhühner, Brausen, Wege, olle Pötte, grüne Raben, Knaben von grünen Raben, Ruhekissen, Schädlinge, Wegeriche, alte Ratten, Elefanten, Wanzen, Chamäleons, Schuhe, Zitronenfalter, Apfelsinen, Spatzen, Adler, Ottern und Ötterinnen, Funken, Prediger, Möchte-nicht-gerne-Schweine, Flamingos, Pfauen, Kähne, Ketten, Winde, Zuchtrosen, Gänseblümchen, Mondsgesichter, Affen, Toren, junge und alte Känguruhs, Schön- und andere Geister, Blinde, Lamas, Rettiche und Mehrrettiche, Mundharmonikas, Heringe, Kohl- und Koksmeisen, Kater, Fliegs, Stürme, Wolken, Regentropfen, Bälle, alte Hüte, Bücher, grüne Schnäbel, schwarze Schafe und rote Parapluies ein und aus. –

Lange lebe dieses Haus!

P. S.: und Kuckucke, Esel, Enten in roten Socken, Ober, Oberinnen und würdige Schweine, Igel, Spiegel, Komma's, Zahnbürsten, Ruhekissen, Trauerklöße, Fettaugen, Eisenträger, Federn, Rennfahrer, Legehennen, Wasserratten, Pusteblumen, Bäuche, Rhabarber, Horizonte, Glatzköpfe, Wassertropfen, Einsiedler, Wale, Kanonen, scharfe Fliegen, Blinde mit Lamas, Krückstöcke, Tagediebe, Morgensterne, Erdbeben, gute Wegweiser und schlechte Weltverbesserer, Libellen, Diätfrösche, Lustmolche …

Kuckuck!

Jeder hat seine Aufgabe!

Die Bilderbücher aus Hansens Haus von Peter-T. Schulz

Guten Morgen, schönes Wetter, guten Abend, Kirschbaum, du . . .!

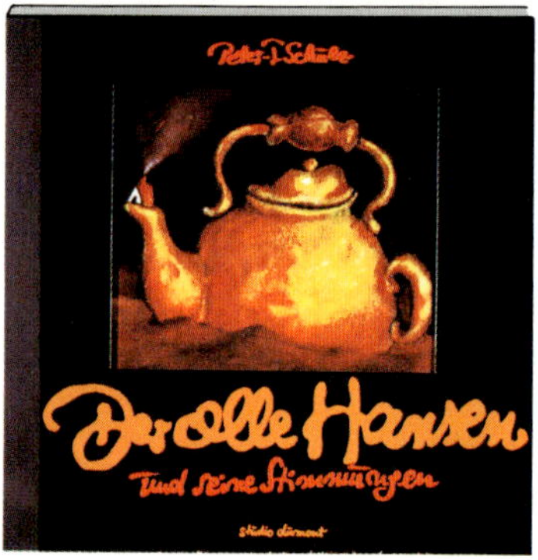

Ein Bilderbuch zum Auseinandernehmen für die eigenen und befreundete Wände mit 12 großen Bildern, Gedichten und einer erzählenden Fotokollage

Hätte ich drei Wünsche frei . . .

Das Taschenbuch zum großen Hansen mit einem 150seitigen Fotospaziergang durch die Hansenwelt

Mein Name ist Hansen, ich bin ein Esel . . .

50 Fabeln von grünen Raben, Möchtenichtgern-Schweinen, Zitronenfaltern und Einbauküchenschaben mit vielen farbigen Illustrationen und Fotos auf 100 Seiten

Es war einmal ein Augenblick, der guckte unverfänglich . . .

„Bis gleich!", sagte der Fisch zum Schaf und ließ es stehen.

ein Postkartenblock mit 12 farbigen Motiven und Texten vom OLLEN HANSEN und dem ESEL

14 Cartoons über Sonne, Mond, Höflichkeit, Ungeduld und Vorbeikommen mit viel Platz für eigene Wünsche

Heute ist kein gewöhnlicher Tag . . .

21 Lieder vom Jungsein auf 150 Seiten und über 100 farbige und einfarbige Fotografien, dargestellt von Astrid, Juschka und Biene zwischen Schafen und Katzen

Was ich dir übrigens noch sagen muß . . .

Die schönsten Lieder aus RAPUNZEL mit 16 Bildern als Postkartengrüße für Freunde in roten Socken und Freundinnen mit linken Zöpfen . . .

Zwischen mir und andern seh' ich einen wandern . . .

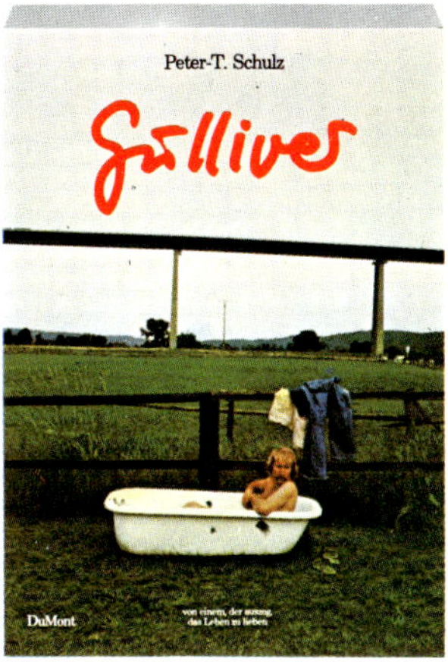

Wie es nach der Rapunzelzeit mit Freunden im Alltag der Stadt weitergeht. 100 Lieder, Gedichte und Bemerkungen über Liebe, Freundschaft, Ehe, Versteckspielen und Alleinsein auf 200 Seiten und über 200 mehr- und einfarbige Fotos

Guten Tag! Ich hätte gern ein wenig Spaß am Leben.

Ein Tagebuch, ein Stundenbuch, ein Augenblickebuch. Auf 160 farbigen Seiten erscheinen und verschwinden Begebenheiten, Gefühle und Gedanken als Versuche und Rätsel.

DuMont Taschenbücher

Stand Frühjahr '82

Band 2
Horst W. und Dora Jane Janson
Malerei unserer Welt

Band 3
August Macke Die Tunisreise

Band 4 Uwe M. Schneede
René Magritte

Band 6 Karin Thomas
DuMont's kleines Sachwörterbuch zur Kunst des 20. Jahrhunderts

Band 7 Hans-Joachim Albrecht
Farbe als Sprache

Band 8 Christian Geelhaar
Paul Klee

Band 12 José Pierre
DuMont's kleines Lexikon des Surrealismus

Band 13 Joseph-Émile Muller
DuMont's kleines Lexikon des Expressionismus

Band 14 Jens Christian Jensen
Caspar David Friedrich

Band 15 Heijo Klein
DuMont's kleines Sachwörterbuch der Drucktechnik und grafischen Kunst

Band 17 André Stoll
Asterix – das Trivialepos Frankreichs

Band 18 Horst Richter
Geschichte der Malerei im 20. Jahrhundert

Band 22 Wolfgang Brückner
Elfenreigen – Hochzeitstraum

Band 23 Horst Keller
Marc Chagall

Band 25 Gabriele Sterner
Jugendstil

Band 26 Jens Christian Jensen
Carl Spitzweg

Band 27 Oto Bihalji-Merin
Die Malerei der Naiven

Band 28 Hans Holländer
Hieronymus Bosch

Band 29
Herbert Alexander Stützer
Die Etrusker und ihre Welt

Band 30
Johannes Pawlik (Hrsg.)
Malen lernen

Band 31 Jean Selz
DuMont's kleines Lexikon des Impressionismus

Band 32 Uwe M. Schneede
George Grosz

DuMont Taschenbücher

Band 33
Erwin Panofsky
Sinn und Deutung in der bildenden Kunst

Band 35 Evert van Uitert
Vincent van Gogh

Band 38 Ingeborg Tetzlaff
Romanische Kapitelle in Frankreich

Band 39 Joost Elffers (Hrsg.)
DuMont's Kopfzerbrecher
TANGRAM

Band 40 Walter Pach
Auguste Renoir

Band 41
Heinrich Wiegand Petzet
Heinrich Vogeler – Zeichnungen

Band 43 Karl Heinz Krons
Gestalten mit Papier

Band 44 Fritz Baumgart
DuMont's kleines Sachlexikon der Architektur

Band 45 Jens Christian Jensen
Philipp Otto Runge

Band 47 Paul Vogt
Der Blaue Reiter

Band 48 Hans H. Hofstätter
Aubrey Beardsley Zeichnungen

Band 49 Heinrich Hüning
Gestalten mit Holz

Band 50
Conrad Fiedler
Schriften über Kunst

Band 52 Jörg Krichbaum / Rein A. Zondergeld
DuMont's kleines Lexikon der Phantastischen Malerei

Band 53 Edward Quinn
Picasso – Fotos 1951–1972

Band 54
Karin Thomas / Gerd de Vries
DuMont's Künstler-Lexikon von 1945 bis zur Gegenwart

Band 55 Kurt Schreiner
Kreatives Arbeiten mit Textilien

Band 56 Ingeborg Tetzlaff
Romanische Portale in Frankreich

Band 57 Götz Adriani
Toulouse-Lautrec und das Paris um 1900

Band 58 Hugo Schöttle
DuMont's Lexikon der Fotografie

Band 59 Hugo Munsterberg
Zen-Kunst

Band 60 Hans H. Hofstätter
Gustave Moreau

DuMont Taschenbücher

Band 61
Martin Schuster / Horst Beisl
Kunst-Psychologie

Band 62 Karl Clausberg
Die Manessische Liederhandschrift

Band 63 Hans Neuhaus
Werken mit Ton

Band 65 Harald Küppers
Das Grundgesetz der Farbenlehre

Band 66 Sam Loyd / Martin Gardner (Hrsg.)
Mathematische Rätsel und Spiele

Band 67 Fritz Baumgart
»Blumen-Brueghel«

Band 68 Jörg Krichbaum
Albrecht Altdorfer

Band 69 Erich Burger
Norwegische Stabkirchen

Band 70 **Ernst H. Gombrich**
Kunst und Fortschritt

Band 71 José Pierre
DuMont's kleines Lexikon der Pop Art

Band 72 Michael Schuyt / Joost Elffers / Peter Ferger
Rudolf Steiner und seine Architektur

Band 73 Gabriele Sterner
Barcelona: Antoni Gaudi

Band 74 Eckart Kleßmann
Die deutsche Romantik

Band 75 Hilda Sandtner
Stoffmalerei und Stoffdruck

Band 76 Werner Spies
Max Ernst 1950–1970

Band 77 Wolfgang Hainke
Siebdruck

Band 78 Wilhelm Rüdiger
Die gotische Kathedrale

Band 79 Otto Kallir
Grandma Moses

Band 80 Rainer Wick / Astrid Wick-Kmoch (Hrsg.)
Kunst-Soziologie

Band 81 Klaus Fischer
Erotik und Askese in Kult und Kunst der Inder

Band 82 Jörg Krichbaum / Rein A. Zondergeld
Künstlerinnen

Band 83 Ekkehard Kaemmerling (Hrsg.)
Bildende Kunst als Zeichensystem 1

DuMont Taschenbücher

Band 84 Hermann Leber
Plastisches Gestalten

Band 85 Sam Loyd / Martin Gardner (Hrsg.)
Noch mehr Mathematische Rätsel und Spiele

Band 86 **Rudolf Arnheim**
Entropie und Kunst

Band 87 Hans Giffhorn
Kritik der Kunstpädagogik

Band 88 Thomas Walters (Hrsg.) / Gabriele Sterner
Jugendstil-Graphik

Band 89 Ingeborg Tetzlaff
Griechische Vasenbilder

Band 90 **Ernesto Grassi**
Die Theorie des Schönen in der Antike

Band 91 Hermann Leber
Aquarellieren lernen

Band 93 Joost Elffers / Michael Schuyt
Das Hexenspiel

Band 94 Kurt Schreiner
Puppen & Theater

Band 95 Karl Hennig
Japanische Gartenkunst

Band 96
Hans Gotthard Vierhuff
Die Neue Sachlichkeit

Band 97 Karin Thomas
Die Malerei in der DDR 1949–1979

Band 98 Karl Clausberg
Kosmische Visionen

Band 99 Bernd Fischer
Wasserburgen im Münsterland

Band 100 Peter-T. Schulz
Der olle Hansen und seine Stimmungen

Band 101 Felix Freier
Fotografieren lernen – Sehen lernen

Band 102 Doris Vogel-Köhn
Rembrandts Kinderzeichnungen

Band 103 **Kurt Badt**
Die Farbenlehre van Goghs

Band 104 Wilfried Hansmann
Die Apokalypse von Angers

Band 105
Rolf Hellmut Foerster
Das Barock-Schloß

Band 106 Martin Gardner
Mathematik und Magie

DuMont Taschenbücher

Band 107 Joost Elffers / Michael Schuyt / Fred Leeman
Anamorphosen

Band 108 Götz Adriani / Winfried Konnertz / Karin Thomas
Joseph Beuys

Band 109 Bernd Fischer
Hanse-Städte

Band 110 Günter Spitzing
Das indonesische Schattenspiel

Band 111 Gerd Presler
L'Art Brut

Band 112 Alexander Adrion
Die Kunst zu zaubern

Band 113 **Jan Bialostocki**
Stil und Ikonographie

Band 114 Peter-T. Schulz
Der Kuckuck und der Esel

Band 115 Angelika Hofmann
Ton

Band 116 Sara Champion
DuMont's Lexikon archäologischer Fachbegriffe und Techniken

Band 117 **Rosario Assunto**
Die Theorie des Schönen im Mittelalter

Im April 1982 erscheinen:

Band 118 Michael Rain/Robert Polin
Wie man besser flippert

Band 119 Joachim Petsch
Geschichte des Auto-Design

Band 120 Gabriele Grünebaum
Buntpapier

Im Juli 1982 erscheinen:

Band 121 Renate Berger
Malerinnen auf dem Weg ins 20. Jahrhundert

Band 122 Horst Schmidt-Brümmer
Wandmalerei zwischen Reklamekunst, Phantasie und Protest

Band 123 Fritz Winzer
DuMont's Lexikon der Möbelkunde

Gesamtreproduktion: ORZ Offset-Repro-Zentrum, Düsseldorf
Druck: J. P. Bachem, Köln
Buchbinderische Verarbeitung: Boss-Druck, Kleve
Printed in Germany ISBN 3-7701-1355-1